진진욱 제9시집

노출시대

국립중앙도서관 출판시도서목록(CIP)

노출시대 : 진진욱 제9시집 /지은이 : 진진욱. -- 서울 : 한누리미디어, 2014
p. ; cm

ISBN 978-89-7969-489-5 03810 : ₩10000

한국 현대시 [韓國現代詩]

811.7-KDC5
895.715-DDC21 CIP2014030111

진진욱 제9시집

노출시대

한누리미디어

차례 Contents

제 1 부 가랑잎 하나

제 2 부 사랑의 두 얼굴

차례 Contents

제 3 부 기다려지는 날

제 4 부 혼자 사는 법

제 5 부 짧은 가을, 긴 이별

제 6 부 아름다운 기다림

제 1 부

가랑잎 하나

혼자는 외로워

부러진 나뭇가지에 접목이 되어
남은 인생 나무로 살고 싶다
세수하고
밥 먹고
빨래하고 변소엘 다니고
지긋지긋한 인생살이
나무만 보면 정신이 빠져 나간다
한 철에 꽃도 피우고, 열매도 맺고
어깨 위에 새도 앉혀
노래 부르게 하고
재차 말하지만, 이 홀아비
시장 안 가고 반찬 안 만들어 좋고
땅 속에 발 두 개 묻고 있으면
사시사철 심심찮아 얼마나 좋으랴.

장미꽃의 유인

짙은 화장을 한 여자일수록
화냥기가 많더라
유인의 여왕, 장미꽃
젊었을 때부터
지금까지 꺾어온 장미꽃
줄잡아 오십 한둘
한눈팔다가, 잡놈만 된 나
장미여! 이제 화장을 지워라.

한더위

꽃이 진 팔월의 벚나무 아래에
칠순 넘은 노인이
몸을 웅크리고 앉아있다
나무는 꽃이 돌아올 것이란 확약에
가지마다 기개가 굳어 있고
한 번 간 할멈은 돌아올 수 없음을
누구보다 잘 알고 있는 노인
몸이 자꾸만 굽어져 하얀 머리카락이
땅 속으로 뿌리를 뻗치려 한다
장독간 옆, 우물가에서 목물을 쳐주던
그 때도 오늘처럼
매미가 맴맴 목이 터지도록 울었지
우물 안에 매달아 두었던 막걸리와
된장에 풋고추
할멈은 오이를 따다가 더위를 쫓았지
한참을 이야기하다 말고
그 오이넝쿨, 가슴으로 타고 오른단다.

가랑잎 하나

홀로 매달린 가랑잎
밤이면 별을 헤아리고
비가 오면 빗방울을 헤아리며
언제 떨어질지도 모르는
자신마저 잃어버린
그는 오십대 중반
절룩이는 다리, 지팡이에 의존
술과 담배로 일생을 장식하며
나 죽으면 부조금 많이 가져오라던
이웃집 사내
바람 한 오라기 없는 여름밤
선풍기 바람 따라
홀연히 사라져 버린 그 사내
또 하나의 사나이가 별을 헤아린다
비 오는 날이면 빗방울을 헤아린다.

낙엽은 지고

가을이었던가
낙엽이 탁발승보다 가볍게 떠나니
금년에도 가을이 왔단 말이지
강변의 불빛
먼 산 소나무 사이사이
알록달록 가을이 틀림없나 보다

가을이었던가
근간에 밤잠을 설친 이유가 있구나
그리움이 재발되는 걸 보니
그래, 그렇지
저 낙엽들이 아니어도 지난 몇 밤
가슴이 조여왔었지

나 이제는 늙었나 보다
계절을 감지할 줄 모르니 이 일을
전할 곳도 없고
나에게 말해 줄 사람도 없으니
낙엽이 부르면 그냥 따라갈 수밖에.

흑장미가 된 지구

흑장미를 보셨나요
띄엄띄엄 불빛이 새어나오고
이따금씩 새소리며
섹스의 몸부림에 지표가 흔들리는
거대한 흑장미를 보셨나요

노을을 한꺼번에 먹어 치우고
온몸 까맣게 변신한
너무 어두워서 보이지 않는 꽃잎
꽃 이파리
꽃술

우리들의 피로가 봉오리에 쌓여
머리를 눕히지 않으면
현기증으로 쓰러질 것만 같은
노을을 몽땅 삼키고 몸집이 불어난
흑장미

아무 향기가 없어도 꿈길을 열어주는
아주 거대한
나는 그 속에서 찢어진 시간들을
꿰맬 수 있어
조급하게 기다려지는 캄캄한 흑장미.

먹자판 21세기

황금색 알곡이 탱탱하게 여물어 가는
저 보리밭 좀 보소
땀 좀 흘렸다고 저리도 눈부실까

태어난 복 말고는 복이 없던 칠복이
죽은 복까지 합치면 두 개는 되는군
임순이. 복갑이. 참봉집, 셋째 딸

질펀한 보릿고개 넘다가 숨이 차서
미끄러져 죽고, 말라 죽고
소나무 가지가 하얗던 그 시절

그 영혼들 돌탑 쌓아
남은 생명들 목숨 부지해 달라고
자나 깨나 지금도 탑돌이를 하나 봐

아리랑 아리랑 아라리오
허기진 그 시절 엊그제 아니던가
아리랑 아리랑 아라리오.

이탈

5월에 코스모스 피었더니
8월에는 목련꽃이 피고
11월에는 진달래가 불쑥
이상理想은 이상理想일 뿐
순리順理를 어기다가
곧장 데여 죽었다 얼어 죽었다.

음악에 약한 체질

하늘의 조명이 삽시에 꺼지고
슬레이트 방에 어울리지 않게
바하가 나를 자극한다
그리움 속으로 끌려가는 노예
때마침 지붕 위에 퍼붓는 코러스
바하는 이 사실을 모른 채
연주에 빠져 창밖을 내다볼 줄 모른다
실타래 풀리는 듯한 연주가 갑자기
토끼뜀을 뛰기 시작한다
내가 앓고 있는 고질병을 눈치 챘나 봐
그의 재치가 아니었다면
방안에서도 눈물의 코러스가 울려
바하가 도망쳤을지도 모른다
그는 천재다
과연 나는 울보다.

남쪽은 유배지

북쪽 사람들이 부러워하는 남쪽 하늘 아래
남항 밧줄에 포박 당하고 있는 철선鐵船의
녹 냄새가 바다를 뒤덮는다
나침반은 정상이지만
고층 건물로 방향 감각을 상실한 항구 도시
철선에 날아든 갈매기들은 빈 젖만 빨아댄다
남쪽 하늘 밑에 유배당하고 있는 나 역시
밤마다 꿈들이 찾아와 빈 젖만 빨다 돌아간다
설한풍이 몰아쳐도 두 다리 뻗을 데 있고
사람의 정情내음 물씬 나면 그곳이 낙원이지.

그리움의 관棺

내가 사는 세상은 그리움의
사각 박스
커다란 관棺이다
관을 부수는 게 소원이지만
못질이 심하다
녹슬라 하면
비, 바람이 새 못을 치고
녹슬라 하면
계절이 못질을
녹슬라 하면
불면이 못질을 해댄다
이렇게 날마다 못을 치는데
관 밖을 어떻게 나와
그저 광견병 걸린 개처럼
관에 갇혀 짖어댄다
제 살을 물어뜯는다
미사일을 쏘아대도
우주가 잠잠하듯
그리움의 관은 끄떡없다
대추처럼 곪아서
내가 죽는 일 외는
관棺 속의 일상은 요지부동이다.

설매화

너는 왜 또 피어
남의 애를 태우느냐
겨울옷을 벗기도 전에
누구의 애첩이 되려고
그렇게 요염하게
배시시 웃어대느냐
아이, 어른 할 것 없이
네 모습에 끌려
하루해를 잊게 하는가
누구의 애첩이든
나 모를 일이지만
아무래도 한동안
잠 못 이룰 일 뻔하네.

목련 아씨

무엇이 급하다고
동장군의 철망을 뚫고
밤비를 맞아가며
새벽부터 왔는가
대문 없는 집
왔으면 방문 열고 들어설 일이지
부러진 은행나무 옆에 서서
우두커니 비를 맞고 있다니
내가 문을 열고 나가지 않았다면
그대로 벌벌 떨며
바보처럼 울고 있었겠구나
너를 만나기 위해
한겨울이 어서 가기를
두 손 모아 밤마다 빌었단다
이제 너를 만났으니 한동안은
내 삶의 군상들이 달아나겠구나.

돌아올 수 없는 길

나
거친 파도를 짊어지고
험준한 산길을 걷는다
바위에 앉아 쉴 때가
짧지만 유일한 행복
뜨는 해보다
석양을 더욱 반기며
낯선 목적지를 향하고 있다

사슴이든
새들이든
사람이든
우리 모두는 그
낯선 목적지를 향하고 있다
각설이도
노무자도
벼슬아치 할 것 없이.

산까치

스산한 가을
제 둥지 옆에 두고
큰 나무 가지에 올라앉아
고래고래 소리 지르는 까치
숲에서 길을 잃은
아이들을 기다릴까
들녘에 나간 남편을 기다릴까

그들은 돌아와
행복이 둥지 속에 가득한 밤
나는 큰 나뭇가지에 올라
불러볼 이름이 없다
단 하나의 이름 말고
소리 지를 가족이 없다
까치집 하나 없는 저문 밤에.

양파 까기

나는 기차 속에 있고
기차는 터널 속에 있고
터널은 땅 속에 있고
땅은 우주 속에 있다
거대한 것 같지만
주먹만한 양파 같은 존재들

터널을 까기 시작할 무렵
눈이 따가워진다
기차를 까면
눈물이 타 내리고
나는 까면 눈물 펑펑
내 모든 것들을 까내면
말아라, 장님이 되고 말 테니.

낯익은 사이

이른 아침
마지막 남은 별 하나
나는 너를
그녀만큼이나 사랑한다

막다른 곳에서
어쩔 줄 몰라 망설이는
내가 나의 존재를 알기에

이 아침, 누구 하나
기다리는 사람 없기에
나는 너를 애인처럼 사랑한다

그래도 너는 외롭지 않느냐
네가 사라지면 나는 오늘도
옛 여인을 찾아 나서야 한다.

서글픈 이별이 싫어

낙엽이 되더라도 바싹 마르지 말자
오줌발을 맞아도 촉촉하게
한겨울 무사히 넘겨
내 떠난 자리
새 생명 하나 태어날 때까지
부서지지 말고 이대로 남아 있자
미련 두고 기다리자
혼자 떨어져 혼자 떠나면 그 얼마나
서글프랴
새 생명이 손을 흔들어 줄 때까지
그때 서로 웃으며 안녕하고 떠나자.

제 2 부

사랑의 두 얼굴

타임머신

그림자야, 넌 서쪽으로 섰거라
나 이제부터 동으로 가야겠다
신발 둘러 신고 오던 길 다시
되찾아 가야겠다
가다 보면 겨울 오고, 가을 오고
여름 지나면 봄이 오겠지
몇 만 리 걷다 보면
그토록 애타게 찾아 헤매던
첫사랑을 만나게 되고
까까머리에 개구쟁이가 되리라
거기 주름살 하나 없는
내 어머니 아버지가 기다리는
동쪽으로, 동쪽으로만 갈란다
내 어머니의 젖꼭지까지만 가면
다시는 여기 돌아오지 않을란다.

2월에

나뭇가지마다 숨어 살던 춘녀春女들이
낮밤 부지런히 물을 길어 올린다
초록으로 몸 부풀려
봄 한 번 환장시켜 보겠다고
너나 할 것 없이 열심히 길어 올린다
모여든 벌과 나비, 새들이 벌써
환영으로 눈앞에 어른거린다
꽃샘바람 까맣게 잊고
봄 한 번 환장시켜 보겠단다.

노출시대

가슴이 푹 패인 옷
짧은 치마를 즐겨 입는
여성들이여
달팽이 같은 알몸은 징그럽다

다 벗으면 나는 서지 않는다
망설여질 뿐
달팽이를 보고 사그라진
이후부터

여성들이여
껴입어라 그리고 감춰라
비밀 아닌 것을 비밀로 할 때
나에겐 벌컥 서는 습성이 있다

그 비밀스런 차림에는
시詩에서 느끼는 은유가 있지
은유의 감칠맛에
나의 것은 죽순처럼 서 있다.

가을걷이

계절 하나 대문 왈칵 열었다
안이 다 드러난 가을
황금 덩어리 나열된 들판에
농부들 쉴 새 없이 야금야금

불알 없는 아랫도리 드러내놓고
산은 산이요 물은 물이라며
삼매경으로 고개 돌린
노임 한 푼 받지 못한 허수아비

도망치는 여인의 보따리 같은
호박들, 계절의 마침표로 남아
가을걷이를 종용
몸과 마음이 만삭이 된 농부들

소리 다 털어낸 매미도 떠나고
죽기 아니면 살기로
황금 이삭을 쪼아대는 참새들
농부들의 가슴에 휘영청 달이 떴다.

사랑의 두 얼굴

사랑이란
관절 위에 관절을 포개어 가는
행복스런 죽순이다

짓밟혔다가
간신히 제 정신 차려 떠나는
민들레 꽃 홀씨다.

21세기 꽃

사랑이 진 자리에는 사랑이
다시 피지 않지만
꽃이 진 자리엔
전설처럼 꽃이 다시 핀다
사랑은 결국
꽃보다 아름다운 것이 아니다
안개꽃보다 못한
21세기 우리들의 젊은 사랑
인화성 물질로 가득 차 있는
불안한 커플
접착제처럼 쉽게 붙었다가
신짝처럼 쉽게 떨어지는
불안한 사랑
아주 훗날, 아주 웃기는 전설이
되고 말, 21세기 사랑
꽃들이 아름답다, 참 사랑스럽다.

약진 또 약진

태양이 말없이 나를 앞서가고 있다
숲에서 빠져 나온 새들의 합주곡은
용왕매진하는 태양에 대한 행진곡
태양이 금실 같은 수많은 빛으로
새들을 향해 답례를 하지만
나에게도 찬사가 없진 않다
내 몸에 달라붙는 먼지와 바람과 비
간혹 발과 돌이 악수를 할 때면
그까짓 태양쯤이야
머물지 않고 나아간다는 건
새롭고 가슴 뿌듯한 희열의 대약진
도달한 목적지에 절벽이 있을지언정
불가사의한 뭔가가 있을 것 같아
난 지금 앞만 보고 걷고 있다
태양보다 낮은 곳에서 태양보다
율동적인 내게 찬사를 아끼지 않는
먼지, 바람, 비, 돌에 대한 답례를
위해서 난 잠시 잠깐도 머물 수 없다.

나목裸木

저 나목이 뭘 하려 한겨울 내내
언덕배기에 서서 떨고 있는가 했더니
발가락으로 꼬무작
꼬무작
새알 비비듯 땅 밑 가득 매화를 빚었다가
봄밤에 가지마다 총총
하얀 별을 매달려고 그랬나 봐.

갈대꽃

네가 내게
꽃으로 보여 왔기에
나 또한 너를
꽃이라 말했지

나를 위해
시들지 않겠다기에
네게
나는 물을 갖다 나르고

그렇네 너는 꽃이네
연명하기 겨우
한 철

허다한 사랑 중
위태 위태
외줄 끝에 매달린

네가 지금 흔들리는 것은
바람의 힘이 아니라
속 빈
네 무기력 때문

주파수를 떨군
질병 같은 너의
관념 때문이라 하겠네.

인생극장

어제도 연극을 보면서
연극을 하고
오늘도 연극을 보면서
연극을 한다
그럴 수밖에 없는 것이
나를 둘러싼 모두가 연극 배우니까
나도 나 몰래 물이 들었으니까
그 중 겪고 나서 제일가는 속앓이는
막 내린 사랑
다시는 공연에 끌려들기 싫어
한 줄기 바람이고 싶지만
어떡해
내일도 속고 속는 바보 역을
맡을 수밖에.

미련

열어둔 가슴
항구는 비어 넉넉하네만
정박이 싫어
닻줄 감아쥔 당신

아직은 수평선을 넘어서지
못한 것 같아
밤이 되면 가까이
달뜨면 금방 품에 안길 듯.

개미 곁에서

행복을 물어 나른다
사랑을 물어 나른다
대머리 까지도록
나무 밑구멍이면 어떠냐고

고것들을 물어다가 얼마나
부풀렸는지
수백 년 묵은 고목까지
이파리 무성하여

몇 시간을 지켜보다가 이 큰
덩치 체면에 민망도 하여
귀갓길 비실비실
풀어진 노을인 양.

밤하늘

낮 동안 내내 메밀밭에서 메밀꽃과
살을 섞어대다가
땅거미에게 제 님 삽시간에
빼앗긴 하늘
눈시울 데우며 서산마루에 앉았더니
헤어진 지 얼마나 된다고
넓기도 한 가슴 군데군데 멍울져

긴 세월 채곡 채곡
그리움 쟁여놓은 한 뼘 반
이 가슴
병풍 펼치듯 펼쳐도 보겠다만
나 역시 먹구름으로 얼룩져
잘못 펼치면 터질 것만 같아
억수 같은 장대비 쏟을 것만 같아.

벌레 먹은 꽃

둥글고 반반한
세모 네모 모가 나지 않는
꽃

하루를 살다 져도
제대로 피었다가 제대로
져 준다면 좋으련

너는 네가 꽃이라서
향기롭다 말하겠지만
들여다보면
그게 아닌 걸 어떡해

난장에 몸을 맡긴
어떨 땐
그 꽃만도 못할 때가.

성숙

선달 초이렛날
울 어머니 말씀대로 저녁
개 밥 줄 시간

난생 처음으로 울어봤다
기쁨이 뭔지
슬픔이 뭔지도 모른 채

그로부터 반세기 동안
배운 것이라곤 눈물 맛

기뻐서 흘리는 눈물은
달달하면서 흔적 없는 것이
슬퍼서 흘리는 눈물은
짭짤하면서 흉터 같은 것이.

지는 해

낮에는
뻐꾹새
밤엔
소쩍새 울어쌓고

절간엔 풍경
세간에는
나의
그리움 울어쌓고

언제나
비켜 가는 해
내일은 서너 걸음
자리를 옮겨 볼까.

잃어버린 골骨

달을 보면 안 된다고
가슴 메이면 안 된다고 되뇌면서
달을 바라보게 됨은
슬픈 노래를 부르면 안 된다고
목 메이면 안 된다고 되뇌면서
슬픈 노래를 부르게 됨은
두 개 골 중 하나는 님의 것이기에
그 지독한 주술에 말려들기에.

재, 방영

심연心淵에서 되감아 올린
낡아빠진 필름 한 통
뇌리에 설치된 영사기가
밤하늘을 향해 삐거덕거린다

무성영화

변사辯士의 흐느낌 속에 밤은
젖어가고
제 눈물의 무게에 못 이겨
나뭇잎 우수수 떨어져 내린다.

제3부

기다려지는 날

유랑

굿판이 끝나가는 계절
홀로 남아 질긴 고독을 씹느니
구름이든
강물이든
바람이든 무작정 함께
떠날 때 함께 훌쩍 떠나기로 하자

은밀한 계절도 아닌
싸늘히 식어가는 계절에 안겼다가
피할 수 없는 기형아
수도 없이 출산하느니
그들과의 유랑으로
계절을 잊자 참혹할지 모르는.

지금의 나는

음악은 강물

詩는 나룻배

나는 뱃사공

바다와 섹스

바닷물도 암컷과 수컷이 있다
목소리가 두 가지인
저 파도소리를 가만 들어 보렴
다정하게 지낼 때가 많기는 해도
부부싸움이 대단할 땐
너울이 태양을 삼킬 듯하다
수컷은 바위에 제 몸을 찧어대고
암컷은 뻘 속을 파헤치는 기질
수많은 강에서 내려온 애첩들을
부부가 함께 맞아주는 걸 보면
바다는 뭐니 해도 만물의 표상
가리개처럼 물안개를 펼쳐 놓고
우리들과는 차원이 높은 섹스를 한다
우리들은 섹스를 하다 말고 왜
시시비비 일어나서 커튼을 여는가
줄담배를 피워대는가
바다의 섹스는 오로지 외길
바다가 죽지 않는 비결을 아는가
저 율동을 보아라, 정액을 보아라.

생명

카운트다운이 시작된 지 오래 된 줄 알았지만
고독의 탑에 기대어
이토록 시계를 오래 들여다본 적은 없다
피 묻은 막대기가 째깍째깍 돌아가고
뒤 이어 약간 느릿한 막대기
다음으로 짜리몽땅한 막대기가 따라간다
째깍거리는 막대기와 쿵쿵 뛰는 나의 맥박
조롱하듯 나의 맥박이 막대기를 앞서간다
카운트다운이 완료되기 전 혹시 모르니까
나 스스로 먼저 발사되고 싶으니까
내 맥박은 막대기와 달리 땀을 흘리며 뛴다
나의 맥박이지만 내가 제어할 수 없으므로
피 묻은 막대기야 어서 따라오너라
목적지에 가서 혼자 우두커니 기다린다는 게
얼마나 초라하고 지루하겠는가
신나게 뛰어 보아라, 신나게 떠나고 싶으니까.

기다려지는 날

내가 어머니 뱃속에서 태어난 후
어느 날인가부터
하늘의 뱃속에서 산들도 태어났다
우리는 누구랄 것 없이 무럭무럭 자랐고
이제는 서로가 낙엽 휘날리며
고요히 늙어가고 있다
바쁜 세상에 제 할 일만 할 것이지
가만히 있는 우리를 세월이 가꾸었지
그 괘씸한 세월 때문에
돌아갈 날이 점점 가까워 오지만
알고 보면 뱃속 같은 이곳보다 훨씬
나은 자유의 세계로 곧 떠날 수 있으니
세월을 호되게 나무랄 일도 아니지.

모자이크

거울 앞에 앉아서 내 모습을 본다
그 모습 속의 것들이 궁금하여
거울을 닦는다
닦은 거울임에도 겉모습뿐
속을 좀처럼 내보이려들지 않는다
양파처럼 한 겹씩 벗길 수 있다면
내 속이 훤히 드러날 것을
속이 몹시 궁금하여 거울을 깨 버렸다
아무것도 없고 겉모습만 박살났다
'나' 라는 존재는 짜 맞춘 모자이크
속이 비어 있어야 '나' 가 있는 것
태어날 때부터 나는 모자이크였다.

수선화

노오란 술잔에
노오란 쟁반
찰랑찰랑 넘치는 4월과
수선화 향기
발걸음 굳어 버린
연인
연인
연인들.

이별

땅 속에서 힘들게 기어 나온 봄
우리들은 봄이라고 으쓱대더니
어느새 뿔뿔이 떠날 차비를 한다
어디로 가려는지
바람에 실려 가는 식솔들
강물에 실려 가는 식솔들
남아있는 자 눈물 흘리지 말라고
가지마다 무성하게
파란 손수건 매달아 두고 가는
그래, 이별은 저렇게 하는 거야
겨울은 언제나 하얀 손수건이었지.

봄만 오고

네만 왔느냐
기다리는 내 님만 빼놓고
네 식솔들 몽땅 거느리고
인정 없이 왔느냐

바람도 슬쩍 오고
비도 슬쩍
안개도 슬쩍 오는데
그대는 발병이 났느냐

그 정도 병이라면
구름이라도 타고 오지
해마다 실망, 또 실망
피만 검게 메말리네

봄이라지만
아직은 추워
몸을 피하거라
양지쪽이 어디 없느냐.

봄 손님

버스는 빈 차
손님은 만원
땅 위로 기어오르는
수많은 봄 손님
의상이 다 아름답다
인물이 곱다
마음이 얼마나 곱기에
표정들이 저렇게 맑을까
공중에도 봄 손님 나풀나풀
물 속에도 봄 손님 초만원
우리들께도
저 곱고 아름다움이 있는가.

영혼의 고향

고향 앞의 또 다른 고향이 새삼 그립다
저녁 밥 먹고
마실 한 바퀴 하릴없이 돌고 있는
노인처럼, 무엇 하려 이곳에 태어났는가
아무런 의미 없는 낯선 고향
알짜배기 내 영혼의 고향은 과연 어딜까
그 곳에서도 사람으로 살았을걸
수십 리를 돌아다녀도 낯익은 사람 없는
이상한 나라
지루한 여행도 거의 한 바퀴를 채워 가지만
오늘같이 비가 오는 날
천만 리보다 긴 여행, 영영 돌아가고 싶다
빗줄기를 타고 오르면 거기 고향이 있을까.

그대를 위해서라면

사랑하는 사람아
내 죽어 한 줌 재가 되어 남는들
그대에게 무슨 도움이 되랴

사랑하는 사람아
내 죽어 무덤 속에 드러눕는들
그대에게 무슨 위안이 되랴

그대를 얼마만큼 사랑하느냐를
나에게 물어보지 말라
내가 바치는 사랑은 영원하리니

사랑하는 사람아
그대 옷과 몸, 머리카락을 위해
나 비누가 되어주며 사라지리다.

누이

돌무덤에 묻힌 누이야
돌 틈 구멍을 빠져 나와
하늘로 간 누이야
수십 년 소식 없더니
익어 가는 하늘에
색상도 곱게 쏟아내는
네 초경이 아름답다
손가락에 찍어 혀끝에
갖다 대니
누이 것이 틀림없구나
하늘에서 마냥 소녀로
지내다가
이제야 성인이 되었다고
들녘이 너의 경사에
온통 춤마당을 이뤘네
초경에 물든 바다도
빠질세라, 출렁출렁
누이야 이제 시집가거라.

세 자매

저 달 속
어느 한적한 집에 내 누님과
누이 둘
어릴 적부터 살고 지내겠다
밤에는 씨앗을 고르고
낮에는 씨앗을 심으며
세 자매 천사처럼 살고 있겠다
천사들이 텃밭에 심은 별
얼마나 많으냐
얼마나 아름다우냐
오늘 따라 유별나게 별 향기 퍼져
이 지상에 운무처럼 떠돈다
예쁘기만 하던 누님과 누이들
해가 지면 더욱더 그리워
별을 가꾸는 모습 눈에 선하다
누님아
누이들아
내가 가꿀 텃밭도 미리 준비해 두렴.

자연과의 만남

꾸짖기만 하던 세상 팽개치고
깊은 계곡에서
잎 뻗은 고사리처럼
훌훌 벗고 맨몸으로 섰다
세상 이대로 버섯이 되고 있다
길거리에 서 있는 사람을 닮은
나무들이 안쓰럽다
사람을 조금 멀리하고 이들과
친했더라면
세상을 꾸짖기만 했던 나
세상이 하나만은 아니었다
다들 산으로 오시오
비관을 탈피할 자만 오시오
더 이상 사람의 숲에서 살다간
우울증이란 덫에 걸릴 뿐
개 짖는 마을은 주검의 장터
늑대가 살고 새들이 지저귀며
바람과 함께 몸을 맞대고 사는
오시오, 여기 아무도 모르게.

가곡과 나

아무도 찾아주는 이 없는 오랜 세월
올해도 지루했던 일 년이지만
봄은 언제나 약속을 어기지 않는다
하늘에는 새들이
땅에는 꽃들이
어김없이 찾아주는 봄바람이며
나에게는 생애년 중
짤막하긴 해도 가슴 벅찬 가곡의 계절
목청이 가다듬어진다
온몸이 비상을 하려고 꼬무작거린다
여기도, 저기도, 천지가 가곡의 무대
의자에 기대어 그윽이 취하면
지난 밤
남은 잠이 찾아와 같이 감상하잔다.

상행열차

동대구역 지나 한적한 간이역
고요가 지천으로 널려 있는 지천역에는
새마을 열차가 서질 않는다
강판 속에 갇혀 낯선 곳으로
끌려가고 있다는 구속감 탓이 아니라 꼭
한 번쯤은 내려 보고 싶은 간이역 지천
젊은 사람들은 네온 불빛을 찾아 푸드득
푸드득
광란의 숲으로 앞 다투어 떠나 버리고
엎드린 지붕 아래 이중으로 엎드려 사는
늙은 사람들과 늙은 호박들이
얼핏얼핏 차창에 반사되는 동리
야트막한 뒷산 나뭇가지에 얹혀 있는 둥지도
비어 있나 본데
댓잎들은 또 어디로 떠나고 싶어
열차가 지날 때마다 대숲 온통 반란을
일으키고 있는 걸까 그럴수록
간절하게 내려보고 싶은
새마을 열차가 서질 않는 지천역
한 번쯤 내려서서 마을회관 앰프에 대고
도시는 패잔병뿐이라고
여러분들은 이겼다고

비어 있는 회관 깃대에 승리의 깃발 하나
매달아주고 싶다.

보릿고개

빼꾹새가 운다
어느 새, 봄이 왔나
아홉 식구 보릿고개에 쓰러져 누웠던
설마 그 봄은 아니겠지
누나는 어린 몸으로 식모로 떠나고
나는 학업을 중단해야만 했던 무서운 고개
쑥나물에 쌀 한 줌 넣고 끓인 쑥 국밥
온 식구 물마시듯 마셔대던 그 봄
아! 그 헐렁한 봄이 왔는가
돌아서면 허기져 말할 힘도 없던 그 봄
빼꾸기 울어대는 산에 올라
소나무 껍질 벗겨 질금질금 씹어대던 그 봄
그 봄이 이 봄이런가
먹거리가 거리에 넘치는 이 봄 아이들이여
빼꾹새는 어째서 또 슬피 우는가.

제 4 부

혼자 사는 법

나는 바위다

나아가지 않아도 내게로 몰려와서
나의 인준을 받고 가는 것들
나는 변하지 않는다
나무들은 내 곁에서 나이테를 늘리고
피고 지는 꽃들도 마찬가지다
세월이 나를 피해 가는 것이다
내가 정지시킬 수 없는 것은 세월
낙엽보다 심하게 떨어지는 세월
폭포에 폭포수다
나는 여기에 남고
세월에 속한 것들은 다 어디로 갈꼬
내 고향 공룡과의 거리는 팽팽하다.

본향

사람이 죽으면 돌아가신다니
죽음이 바로 삶이 아니더냐
짐승이 죽으면 죽었다 하니
이것이 만찬의 입가심 아니겠나
죽음!
사실 우리들은 죽어 있는 신세
살려면 어서 돌아가야지
여기서 머뭇거릴 일이 아니다
천국이 있는지
극락이 아니면, 지옥이 있는지
낮잠 자는 시간에 다녀올 일이다
돌아가시면 그곳이 본향이니
천대받을 일이 어디 있겠는가.

죽지 않는 이유 캐기

저 많은 사혈을 토해낸 하늘은
조금 후 검은 천막으로
세상을 덮어씌울 것이다
죽지 않는 영원한 불사조인 하늘
태양과 달, 수십 억의 별을 이고
말뚝처럼 움직이지 않는 하늘
그러니 거기 신통한 것이 있다고
두 손 모아 씨부렁거릴 만하지

사혈의 바다는 죽은 척하다가
날만 새면 자동으로 영혼과 합류
도깨비 삶을 살기로
수천 억 년
반세기 전에 돌아가신 우리 조부
조모는 왜 저처럼
도깨비 같은 삶을 살지 못할까
하늘이 통째 잡아 삼켰단 말인가

나는 계획적으로 죽을 것이다
모든 것은 지상에 두고
무형인 영혼만 하늘에 빌붙어
하늘이 하는 대로

지켜보고 있을 것이다
둔한 하늘은 내가 제 살점인 줄
알고 죽지 않는 비밀만 지키겠지.

불순물

지상에는 하늘에서 떨어져 내린 것들이
자존을 내세우며 야단법석을 떤다
참 자신이 잘 생겼단다
참 출세했단다
참 행복하단다
그 참, 공평하지 않은 개소리다
나는 어느 별에게 발목이 묶여 이 땅에
떨어져 내 맘대로 할 수가 없는 걸까
누구나 변명 불가능한 하늘의 불순물들
같은 배를 탄 우리들의 존재
끌어올리면 참이나 참 아니나 별 수 없지
별이 중간쯤만 끌어올려 준다면
참말로 개판 지상을 재미있게 볼 걸
멀쩡한 자존들 바쁘게 끌어올리지 말고
'참' 에도 못 끼는 나부터 끌어올리지
업장이 무거워 당겨올리지를 못하나 봐
선풍기도 매미소리도 올 여름은 성가시네.

빗소리

비가 온다
무얼 하려고 땅과 반죽을 하는지
반죽이 내게까지 튄다
가로수에서 떨어지는 잎 사이로
똑똑똑 멀어져 가는 구둣발 소리
저 여인이 누굴까
회색 외투가 전혀 낯설지 않다
한적할 무렵
우산을 쿡 눌러 쓴 여인이 간다
여기도 사람 사는 동네인 걸
이쪽으로 오는 여인은 왜 없을까
낙엽만 떠내려 오는 초저녁
비가 개었다
넓은 길로 나가 보니 반죽이 없다
님의 발자국이 찍혀 있었을지도
빗소리는 짧고 여운만 추적추적.

눈물 흘리기

초봄, 이른 아침부터 뻐꾹새 목청이 터진다
이렇게 비가 오는 날은 내가 먼저 울어야 되는 날
여태까지 고인 눈물 무엇으로 퍼내야 하나
이제는 제 아무리 울어도 소용없는 일
가 버린 모든 임들은 다시는 빠져 나올 수 없는
오존층 구멍 사이로 빠져나갔기에 오존층을 사이에 두고
헛일인 줄 알면서 얼마나 더 울어야 할지
그쪽에서 운다고 여기서 들릴 수가
이쪽에서 애태워 운다고 그쪽에서 들릴 리가
뻐꾹아, 뻐꾹아 이제 좀 쉬렴, 나도 좀 울어 봐야지
가신 님 한두 시간만 그리며 침묵하고 있어 줘
천 날, 만 날 이럴 필요 없이 날개를 활짝 펴라
가자 오존층 너머, 네 등 위에 내가 타고 사방을 살피마.

시 농사

내 소유인 유일한 시 농원의
대문 열쇠를 잃어버렸다
담을 뛰어넘어 씨를 뿌릴려니
조금 전에 있었던 씨가 보이지 않는다
저 약삭빠른 까치가 물고 갔나
살충제, 담배연기를 뿌려댄다
연기 속에 시 씨앗 몇 개 보인다
얘들아 모여라
벌, 나비 모이듯 모여 보아라
오는 놈, 가는 놈, 눈치 보는 놈
커피를 끓여 향기를 피워 보자
별 수 없다
재미있게 시 한 편 가꿀 수 없는 척박한
둥근 농원, 약간은 머리가 어지럽다
먼저 지어 시래기처럼 달아놓은 수많은
시 꾸러미들
인쇄소 앞도 한 번 못 가 보고 낡아지겠다.

시詩 작업

둘이 마주 서서 삽으로 모래를 섞듯
친구가 와서 잡담을 하기 전만 해도
주먹밥 같은 시 한 편
머릿속에 뒹굴고 있었다
넋두리를 늘어놓다가
주먹밥, 그만 물밥이 되고 말았다
친구가 가고 밤 시간이 꽤나 지나도
알맹이 퉁퉁 불어 더욱 더 못 쓰게 된
주먹밥
새벽 3시
내 모든 세포들이 흥분을 했다
가장 퉁퉁 불은 한 놈 잡아 쥐고
우격다짐으로 다그쳤다
그놈이 큰 소리로 "제 자리로 집합"
자빠지고 넘어지고 야단법석이다
모아 놓고 정리를 하니 귀가 잘린 놈
아래턱이 빠진 놈
이놈들 한 방에 주술을 넣었더니
간이 오그라들어, 맥 못 쓰고 고스란히
흠집난 시 겨우 하나 남겼다.

타임머신을 놓치다

노랑나비가 타임머신을 끌고 왔다
유채 밭이 꽃으로 펼쳐지고
메말랐던 고목에 일제히 움이 튼다
겨울에 들을 수 없던 새들의 소리
멀리 가 버린 듯한 괴이한 것들이
제 집 찾아들 듯 쏙쏙 찾아든다
강변을 거닐던 그 옛날 연인들
계곡에서 흐르는 물이 비늘을 퉁긴다
할머니는 아이가 되어 아이와 함께
뛰놀고 하늘에 옛 구름 다시 모였다
녹슨 철로에 윤기가 빛을 반사한다
철이는 돌아오지 않아도 철이 또래의
아이들과 순이도 돌아오지 않았지만
순이의 또래들이 꽃밭에서 노닌다
강물을 들여다보니
내 모습은 어제 그대로
어쩌다가 나만 타임머신을 놓쳤나 보다.

그 여인

항구에 닿자마자
도심 속으로 내달렸다
기다려야 할 님은 보이지 않고
낯선 여인들만 득실거리는 항구

미친 듯
저잣거리를 헤매고 다녔다
갈매기 울음소리대로라면
이 바다에 빠져 죽었는가

바다는 철저히 입을 봉하고
상인들은 살기에 바빠
전설 같은 죽음을
기억해내지 않으려 한다

세월을 몇 바퀴 돌고
닻을 내린 것도 탈이지만
수 세월 파도소리에
정색을 했을 여인

저 저잣거리의 잡소리에
산 속으로 옮겨갔는지
널빤지에는 가자미만
세월을 빨아대고 있다.

아쟁

우지 마라 아쟁아
아쟁아 우지 마라
네가 울면
나 또한 절로 섧나니
한 시름만 쉬었거라

가슴에서 터지는 울음
뉘 알거나
뉘 알거나
네가 울고 내가 울면
세상만물 다 우나니
이것이 어디
너와 나만의 일이겠나

애간장 녹아내리는
아쟁아 아쟁아
너와 나만이
깊은 산골로 가서
골이 찢기도록 울어나 봄세.

혼자 사는 법

모래는 물이 찾아주지 않아도 살고
꽃은 나비가 찾아주지 않아도 산다
내가 제대로 살려면
수많은 것들이 있어야 하지만
혼자라는 존재
이렇듯 혼자라는 삶에는
심연 가득 필요한 것들을 저장
눈이 오나
비가 오나
걱정 없어야 산다
혼자 살면서 제일 아름다운 것은
그리움 펼치기다
비 그친 뒤 무지개 뜨는 일이다
비가 오지 않아도
그리움 그 하나로
바다에 가서도
산에 가서도
아름답게 펼쳐 볼 수 있는 것이다
묵은 심연
사는 게 꼭 둘이라야 하나
좋은 것만 끄집어내 사는 것이다.

강풍

알맹이 없는 강풍이
널어놓은 빨래를 휘감으며
온 숲을 쑥밭으로 만든다
구름은 낙엽처럼 날리고
짐승들 숨소리를 낮추었다
갈기가 찢어지는 나무
나무의 청춘이 갈라진다
나무의 일생이 무너진다
광란적 빈 껍데기 강풍
절간 기왓장이 떨어져
탑 위에 땡그랑 나뒹군다
바싹 마른 내 몸뚱이
대나무처럼 뒤흔들린다
알맹이 없는 것이
세상을 손에 쥐려 한다.

당연지사

하나, 하나 지인들이 떠난다
한창 살 나이
장례의 마무리는
나의 수첩에서 명단을 지우는 일
길을 가다 꼭 만날 것 같은
믿어지지 않는 죽음들
그들은 가고 나만이 남아
그들의 뒤를 따를 때까지
죽은 듯이 사는 일이다
구겨지고 희미한 수첩
수첩과 다를 바 없는 나
앞으로 수첩만큼 사는 일이다.

자화상

거울에는 없었다
찌그러진
내 자화상의 보고픔
거울도 찌그러진 건가

호수에서 나는
최초로 내 자화상을 보았다
너무 험하여
고칠 수가 없었다

우연히
아주 우연히
공원에서 의자 하나가
나를 기다리고 있었다

포기하지 말자
몇 개의 못만 박으면
튼튼해질 수 있는 단면도
아직도 늦지는 않다.

바다의 그리움

바다도 그리움에 젖을 때가 있다
정든 배들이 피항을 하고
물새들이 자취를 감춘 바다는
금방 쏟아질 듯한
만리성 같은 구름에 긴장하고 있다
지금쯤 애가 타고 있겠지
비가 퍼부을 때까지 빈 바다에서
고독에 잠겨야 하겠지
비가 온다
바다는 미친 듯 항만 축대를
치고, 또 치고
온 가슴 멍들어도 치고 또 친다
그리움의 농도가 나보다 짙다
드디어 폭발, 해일을 일으켜
가로수의 머리채를 잡아뜯는다
그 잔잔하던 바다에도 저런 일이.

멀리서 본 다도해

가까운 데서 예사롭게 보았더니
산 정상에서의 장관이여
아닐세, 아니라
논개가 버린 술 바가지
춘향이 어미가 버린 술 바가지
매향이가 시를 듬뿍 담아 띄운
바가지
온 섬이 바가지 아닌 섬이 없네
한밤에 누가 와서 기생 맛 다시며
물을 마시고 가는지
아침에 일어나니 바다가 줄었네
배는 인정 없이 그냥 오가고
바가지들만 슬픔을 안고
목멘 울음 간간이 울어
바다만이 밤낮, 잠 못 이루네.

한여름 숲길

안개처럼 자욱한 풀벌레소리
누구 죽은 어미들의 울음들인가
귀청을 뒤흔드는 저 소리들
쇠줄이 어미의 쇠 긁는 소리
남촌댁 할미의 노망든 소리
웅아 어미의 옹알거리는 소리
여자들의 싸늘한 영혼소리들이여

작년 이맘때 물에 떠밀려 죽은
천순이 엄마, 봉출이 할미
잔소리 꽤나 해대던 만식이 할미
7, 8월
이맘때만 되면
숲은 종일 진혼곡 연주장이 된다

영혼이 있긴 있는 것이며
사람으로 다시 태어나지 못하고
작은 풀벌레로 태어난
저 선악을 누가 가려냈을까
한여름 깊은 숲길
등짝이 오싹하는 한낮
아우성치는 소리를 알 것 같다.

제 5 부

짧은 가을, 긴 이별

만신창이 전신주/ 가을, 흰 구름
가을의 영혼/ 짧은 가을, 긴 이별/ 발광 · 1
발광 · 2/ 가슴에게/ 가을 소묘/ 이별뿐인 계절/ 호박꽃
곡예/ 밑 빠진 사랑/ 해체 대기선/ 관심/ 꿈길로 떠난 소망들
변덕스런 봄비/ 혼돈/ 은혜

만신창이 전신주

내 안에 서 있는 전신주 하나
각종 광고물이
파리 떼처럼 엉겨 붙었다
주택 급매
독채 전세
막힌 곳 뚫습니다
3개월 무료 인터넷 설치
불꽃 나이트
강아지를 찾음
전립선, 조루 상담
지리산 사주
난치병 상담
썩어 나자빠질 전신주
내 애인 찾음도
붙일 곳 없는
한심스런 내 안의 전신주.

가을, 흰 구름

백마가 달린다
내 머리카락 물들이며
가을을 몰고
남녘으로, 남녘으로
소리 없이 내달린다

내게 들려준 귀띔
한 계절 지나면
목련아씨
모시고 온단다
꽃 아씨들 엄청 데불고 온단다.

가을의 영혼

연신 떨어져 내리는 낙엽을 보며
산까치들 울음과
풀벌레들 울음으로
초상집 같은 산골짜기
앙상한 알몸
이 수많은 알몸더러 어쩌라고
구름 위로 떠나버리는 가을의 영혼
사람들은 하나같이
등산이라는 명패를 앞세워
신기한 듯 죽은 낙엽을 밟아대지만
내려다보는 저 알몸의 눈이
심상치 않다
영혼의 꼬리가 가물거리고
마지막 남은 잎새가 떨어진다
달도 없는 밤
낮에 들을 수 없던 짐승들의 울음
또 다른 조문객이 찾아왔나 보다.

짧은 가을, 긴 이별

강과 바다
산 고개 굽이굽이 넘어
시궁창까지 찾아왔던 가을
짧디 짧은 시간에
매달린 잎사귀
색색으로 물들인 뒤
느릿느릿 발길 옮긴다

계절은 가고 그리움의 망령들
올망졸망 빈 가지에 남아
이별 당한 자者들을 불러 모은다
수많은 이별
별마다 이름표를 달고
앞 다투어 빈 가지에
소풍 나온 아이들처럼 모여
나의 별을 어디서 찾는담.

발광 · 1

나와 흡사한 너는 누구냐
이름을 알려줘야
네 이름을 부르지
너, 미쳐 보지 않을래
일찍부터 미친 나는
네 같은 짝을 찾는단다
미쳐 안 줄래
이름은 그냥 두더라도
날 위해 미쳐다오
혼자서는 미친 짓을 못하니
너라면 가능해
나와 함께 미쳐 볼래
네 모습과 내 모습이 흡사해
거울을 보는 듯
그 짓도 하나의 세상이야
나, 그러다가 떠날래.

발광 · 2

삶의 곰팡이가 영혼을 갉아먹는
나 같은 자 누구 없을까
우리끼리 세상 따로 만들어
미친 세상
미친 자者만이 국민증을 받는
세상 하나 만들고 싶다
미친놈도 별별 놈이 있지
남의 일에 실실 웃어대는
나 같은 놈도 있고
혼자서 낄낄거리는 놈도 있지
이 세상 버리고
맨발로 지랄할 세상
누구 건국자가 되고 싶지 않소.

가슴에게

고마운 내 가슴아
맡겨둔 내 여인의 초상화와 그리움을
한시도 눈을 떼지 않고 지켜주어 고맙다
기침은 하지 않느냐
열은 나지 않느냐
때에 맞춰 예방 접종은 잘 하고 있겠지
나는 너만 믿고 내 생명보다 귀한 그들을
네게 맡겨 놓았기로 방심하면 안 되느니라
한 번씩 발광이 나는지
너를 발로 차며 공격을 하지만, 가슴아!
그들을 사랑하는 만큼 너 또한 사랑하나니
약간의 희생이 따르더라도
그들과 내가 이승을 함께 떠날 때까지
불평 없이 잘 지켜다오
초상화도 사랑이요
그리움도 사랑이요
너 또한 사랑이니
나의 모든 것에 대하여 네 헌신을 당부한다.

가을 소묘

떨어지는 낙엽을 누가 막을 텐가
낙엽과 함께 쌓이는 이 쓸쓸함을
무엇으로 막을 텐가
가볍게 떠난다고 가을은 말하지만
대지에 뒹구는 우리들은
기나긴 겨울을 어찌 감당하리
눈부시게 떠가는 하얀 구름이 부럽다
하늘은 온통 길이어서 더욱 부럽다
우리들은 길을 잃고 울고 말 텐가
낙엽과 함께 뒹굴다가
긴 터널 속에 갇히고 말 것인가
이 계절에 돌아오는 님이 있다면
기적 같은 행운아다
쌓인 낙엽 위에 눈이 내리면
우리들은 길을 잃고 울 수밖에 없다.

이별뿐인 계절

방조한 것인지 실행한 것인지
주범은 하늘이다
남은 가을, 부지런히 갉아먹고 있는 귀뚜라미
나뭇잎도, 풀꽃들도 떠나가고
더러는 사람들도 헤어지는 계절
해가 지면 엷은 얼음이 밀려올까 두렵다
산을 태운 검은 재가 밤을 연장시켜
홀로 사는 사내의 애간장을 빼 먹는다
하나님, 하고 기도하는 목회자들이여
중단하지 말고 은총을, 은총을 당부하시라
떠난 자者도 남은 자者도 눈물뿐인 늦가을 밤
이 부질없는 짓을 누가 하고 있는지
나도 관세음 보살님께 물어볼 작정이외다.

호박꽃

깊숙해서 좋다
음핵이 마중까지
깊숙
깊숙
깊숙
음핵
음핵
음핵
선다
선다
선다

잽싸게 날아든 벌
선제 입궁을 하다.

곡예

집을 짓는다는 건 쉽지 않은 일이다
전봇대 위 까치 두 마리
집을 짓기 위하여 물어다 나르는 꼬챙이
철거반원 같은 바람이 가만두질 않는다
물어다 놓으면 바람이 쓸어내리고
또 물어다 놓으면 쓸어버리는 역습
전봇대 아래
둥지 둘 정도는 지을 꼬챙이들이 마구
흩어져 있다
바람 앞에 무릎을 꿇지 않는 까치들
부리가 닳도록 물고 또 물어 나른다
저 삶의 곡예를 나도 진작 알았더라면
지금, 이같이 찢어진 가난을 걸치고 있지
않아도 될 걸
결국은 바람이 까치 앞에 무릎을 꿇었다.

밑 빠진 사랑

사랑은 초유의 아름다움이며
초유의 신성함이다
종교가 다른 사람끼리 사랑을 나눔에
있어서 사랑보다 종교를 앞세운다는 건
실체는 묶어놓고
그림자만 움직여 보겠다는 어리석음이다
육신의 세계에서도 유일이란 없으며
영혼의 세계에서도 유일이란 없는 것
자기만의 굴레에 자신만이 묶여 있는 줄
까마득 잊고
오히려 주위의 모두를 향해 측은해 하는
그대여
그대가 타종他宗을 부정한다면 그대도 이미
그대의 삶에서 추방되어 있다는 사실
갇혀 있는 새들을 보고 그것만이
새들의 세계라고 단정 짓지 말고 날개를
휘저어대는 저 자유로운 창공을 보라
종교는 걸림이 없는 것
절대자가 없으며 절대 법칙이 없는 것
모두를 풀어두고 사랑만을 위해
사랑하는 사람들이여, 나는
그대들의 사랑을 최상의 종교로 받드노라.

해체 대기선船

치주염 같은 통증을 앓으며 머리통을
기울고 있는 반세기에 가까운 늙은 철선
깃발 없는 깃대들만 말라붙은 핏줄처럼
뒤섞여 해체될 날만 기다린다
녹물에 얼룩지긴 했어도 철선의 이름은
남아 있건만
생명의 끈을 내맡긴 선원들의 흔적들은
어디에도 찾아볼 수 없는 해체 대기선
비린내를 찾고 있던 갈매기가
진품명품, 값을 매기고 있는 건지 부리로
요모조모 두들겨 본다
오대양을 누빈 영광스런 시대는 선원들의
구릿빛 패기와 함께 온데 간데 없고
하선한 선원들마저 뿔뿔이 흩어져 지금쯤
거리를 헤매고 있거나
어느 노인정 구석지기에 비스듬히 누워
송두리째 뽑혀 나간 청춘을 떠올리고 있으리.

관심

길을 가다 아름다운 여인을 만나면
이름을 묻고 싶다
고향을 묻고 싶다
남편이 있느냐고 묻기도 하고
자녀가 몇이나 되냐고 묻기도 하고

강변을 거닐다가 예쁜 꽃을 만나면
이름을 묻고 싶다
나이를 묻고 싶다
맹물로 색상을 변화시킨 내력과
말을 못해 불편하지 않느냐고 묻고 싶다

더 이상 물어보면 실망할 수 있기에
더 이상 물어보면 심통날 수 있기에
그쯤에서 끝내야
아름답고 예쁜 것이 유지될 수 있으니까
오래도록 기억할 수 있으니까

거울에 비친 납작한 내 모습 어디에도
아름다운 점이 있을까
예쁜 점이 있을까
길을 가는 여인과 꽃의 궁금함처럼
나도 그들에게 보여줄 궁금증이 있을까.

꿈길로 떠난 소망들

반세기 넘어 지금에 와서 생각하니
코 흘릴 때부터의 소망들
밤마다 꿈을 타고 매일같이
하나, 하나씩 하늘로 올라가 버렸다

꿈길이란 것이 묘한 것인가 봐
이날 여태껏
밤 꿈이 그렇게 많더니
그들이 소망을 몰래 훔쳐 갔나 보다

지금은 소망의 껍데기로 남아
알곡 가득 찬 밤하늘을 들여다본다
그것들 거기서 파랗게 빛을 내니
오히려 내 곁을 잘 떠난 편이지

소망들 다 빼앗기고 나니
밤 꿈의 꿈길
잡초들 무성하게 막아섰기에
내게 돌아올 리는 만무하겠구나

소리 소문 없이 떠난 그들
인연 아님을 언제부터 알았을꼬
깨우치지 못한 인간 막대기
이제서야 내가 나를 꼬집어본다.

변덕스런 봄비

꽃아 피어나라며 대지를 적셔주던
그 때의 네 마음과
탐스럽게 피어 있는 지천의 꽃들을
마구 짓밟아대는 지금의 네 마음
나는 도무지 알 수 없구나
네 소리, 철판 뚜껑처럼 옆으로만 펴져
꽃향기마저 차단하고 있으니
가련하다
향기를 안고 뚝뚝 떨어지는 꽃들이여
상여도 없이 맨몸으로 떠나는 모습에
나의 눈에도 비가 내린다
구름에 가린 햇살이 이 사실을 안다면
관절 터지도록 발 동동 구를 일이다
밤하늘의 꽃인 별들이 보았으면
은하수 한가운데 조목조목 사연 새긴
합동 위령탑을 하늘 높이 세울 일이다.

혼돈

누구도 떠나고 누구도
떠났다 하더니
아주 멀리 간 게 아니라
겨우, 여기저기 동네 이뤄
기둥 없는 지붕
땅바닥과 맞붙어 있구나
문패보다 큰 묘비명
떠난 자들 다
벼슬 하나씩 하나 보다
내가 사귀던 여인은
벼슬을 싫어했기로
묘비명 없는 몇 몇
묘 중에
꼭 있을 것 같다만
맞붙은 지붕을 어찌 열랴
봉창 하나 없으니
들여다볼 방법도 없고
떠났으면 영영
지구 밖으로 떠날 일이지
인연의 연줄이여!
행방이 묘연한 내 여인이
불현듯 생각나

산도깨비처럼 날뛰고 싶은
이 마음
부엉이 울어대면 고질병인
내 그리움
여우처럼 벌떡 일어난다오.

은혜

정겹게 맞아주는 산山에게 바다에게
나는 무엇을 베풀었는가
상처는 누구에게나 있는 것
깊은 상처 감춰가며
편안하게 맞아주는
산과 바다
그런 그들에게 쉽게 등 돌리고
쉽게 잊어버리는 나
나는 배신자였다
사람보다 포근한 그들을
때로는 관심 밖으로 내몬
나는 나를 질타한다
산이여
바다여
만나면 안기고 싶은 어머니여
이 비가 그치면 찾아가리, 찾아가.

제6부

아름다운 기다림

공중 섹스/ 달을 보면/ 동반자
찔레꽃/ 까치소리/ 쌈 맛/ 지겨운 계절
소리의 난무/ 바다에 꽃구경 가다/ 넉살 좋은 세월
가자는 데, 못 가는 마음/ 바다와 나/ 고려장/ 아름다운 기다림
어머니의 길/ 원시를 따라/ 저녁 강/ 님을 찾아

공중 섹스

비와 바람이 공중에서
섹스를 한다
받쳐주는 발판이 없어
서서 하다가 혼쭐난다
밑으로 떨어지면서
어떤 커플은
탱자나무 위에 떨어지고
어떤 커플은
맨땅에 떨어진다
혓바닥을 내밀어보는 나
섹스 맛은 안 나고
완전 맹물이다
이게 맛이라고 공중에서
호들갑을 떨었을까
위험한 곳에서 그 짓 하다가
봉변당하기 뻔한 일이지
땅바닥에 떨어지기 바쁘게
내게 들킨 바람은 달아나고
놀란 비는 거품을 물고
하수구 속으로 줄행랑친다
끝나면 시시한 게임
때와 장소와 호흡이 틀렸어.

달을 보면

저 달이 나를 찾아 헤매고 있나 봐
날 사랑하는 여인의 당부를
전해 주기 위해
이 밤도 눈알만 챙겨 나와서
온 세상을 뒤적거리고 있나 봐

나는 나의 주소를 외우며 지금도
마당가에 서 있나니
답답하구나
그렇고 보니 눈알이 반으로 줄어
세상 반만큼은 볼 수가 없겠네

보이지 않는 쪽이 어느 쪽일까
사연 적은 풍선 연줄에 묶어
연줄공장 연줄을 죄다 푼다면
님의 당부도 적어 보내줄 텐데
밤마다 님은 또 얼마나 기다릴까

별들을 불러 협조를 구할 일이지
말을 전혀 안 듣나 보다
그녀의 당부 말고도 각양각색
왜 하필 달이 되어
수많은 마음들을 설레게 하는 건지.

동반자

둘이면서 혼자인 그림자와 나
무거운 내 그리움 혼자 도맡은
그림자
내가 동쪽에서 님을 찾을 동안
그는 서쪽에서 나의 님을 찾고
내가 서에서 찾아 헤매면
그는 동으로 목을 빼어 찾는다
정오가 아니면 한 자리에서
얼굴 대하기 어려운 그림자와
나

난 그리움을 잊을 때도 있지만
늘상 나의 그리움을 안고
기어 다녀야 하는 그림자
불을 끄면 안 보이다가도
불을 켜면 언제 어디서나
내 곁에 있어
그가 아니면 고맙도록 누가
나의 동반자가 되어주랴
하나뿐인 이름에 물체가 둘.

찔레꽃

장미꽃 보던 눈으로 저를 보지 마세요
유혹하여 피를 빨아 마시는
장미꽃과 비교하지 마세요, 저는
조선시대 이전부터 규방의 혈통을
그대로 간직한 규수예요
하얀 살갗이 말해 주듯 차분한 저는
지금 하늘에 대고 사군자四君子를
치고 있어요
밤이면 반딧불 아래서 수繡도 놓지요
한 계절도 못 채우는 생명이지만
저는 이렇게 살아가는 삶이 즐거워요
꽃잎으로 질 때는 너무너무 황홀해요
은장도 대신 가시를 지녔지만
저를 너무 겁내지 말고 다가오시어
저 없을 때의 세상 이야기 들려 주세요
가실 때는 저의 일부를 꺾어가도
말없이 그냥 미소만 띄우고 있겠어요.

까치소리

아침 햇살에 윤택이 반지르르한
까치가 추녀 끝에 앉아서 부스스 일어나
세상의 추녀 끝에 나앉은 내게 말을 건다
해독에 전혀 자신이 없지만
햇살도 맑고 까치도 고와 보여
오늘은 좋은 일 있을 것 같아
내 안에 둥그런 해 하나 뜬다
까치는 등기 배달부보다 빠르게
다른 번지를 찾아 떠나고
내 안의 해
시간이 갈수록 부풀어진다
일감 없는 석재고장 강 사장이
매일 아침 들르더니
오늘은 왠지 전화 한 통 없다
한낮이 지나자
내 안의 해가 서서히 줄어든다
드디어 속달 우편물 한 통
수 천만 원짜리 카드 독촉장
찌르릉
경륜장에서 온 강 사장의 전화
오늘도 주머니 다 털었단다
아침의 그 까치가 까마귀였던가.

쌈 맛

혼자 살다 보니 쌈 맛보기가 흔치 않다
옆집에서 상추를 가져 왔기에
냉장고에 있던 꽁치로 찌개를 만들어
입안이 터질 듯이 쌈을 씹고 있는데
놀란 일이 일어났다
상추도 때에 따라 말을 한다는 사실
씹을 때마다 상추, 상추, 상추
상추가 제 이름을 불러대며 혓바닥과
신나게 놀아난다
왕따를 당한 꽁치가 잔뼈를 꺼내어
온 입안과 혓바닥을 찔러대다가
약이 올라
극에 달했는지 갈비뼈를 꺼내어
목구멍 입구에 바리케이드를 쳤다
벌벌 떨어대는 상추와 혓바닥
이 놈, 어디 맛 좀 봐라
주먹만한 쌈을 싸서 씹지도 않고
포탄처럼 내 삼켰더니
바리케이드가 단번에 명중
입안에는 디스코 댄스로 또 다시
불붙었다 상추상추상추상추상추.

지겨운 계절

온몸 칭칭 동여맨 밧줄을 풀어다오
너만 따르자니
관절 아랫부분이 너덜거리고
머리에 하얀 이끼가 무거워
더 이상은 따르지 못하겠다
까치는 백 날 울어봐야 내게 소용없고
지팡이를 손에 쥔들 뭣하랴
제발 나를 이쯤에서 풀어다오
뻐꾹새 우는 나무 그늘에 대자大字로 누워
짐승들과 일기장이나 나눠 보며
다리 한 번 제대로 뻗고 푹 쉬어 보자
나 하나쯤 밧줄을 풀어 준다 해서 누가
왕 같은 너를 매질하랴
세월아
세월아!
뻐꾹새 우는 나무 그늘에 누워 한恨도 풀 겸
이 숨찬 한 계절만 나 쉬었다 갈란다.

소리의 난무

지구가 툭 떨어져 나올 때의 굉음
고스란히 남아있던 원음이
미생물, 생물들이 생겨나면서부터
조금씩 가져가 소리로 쓰다가
공룡은 공룡소리
개는 개소리
악어는 악어소리로
남은 것 너나없이 바닥낸 인간들
그 중에 말 많은 자들
온갖 욕설, 온갖 소리들을 내뱉으며
정치도 하고 오입도 하고 심지어
저잣거리며 막노동현장까지 물들어
말의 질서가 없는 막가는 세상
지구가 물속에 가라앉으면 몰라도
이대로 가다가는 소리에 질식하여
제 명대로 못 버틸 지구
굉음 돌려주기 운동을 펼칠 일이다.

바다에 꽃구경 가다

갯바위에 앉아 있노라면
파도가 피워내는 하얀 꽃들

멀리는 작은 꽃들
가까이는 아름드리 꽃들

꽃잎 튀어 입 속에 들면
짭짤한 맛에 향기는 갯내

파도가 몰아치면
꽃들이 장관을 이루는 바다

온 옷에 배인 꽃물
집에 와서 보면 흰 꽃송이

꽃이 지고 없는 대지
나 혼자 바다로 꽃구경 가다.

넉살 좋은 세월

갑자 을미 경해
이년 저년 다 따먹고
태초의 첫 년부터 해마다 한 년씩
21세기 뭇 년들을 다 따먹을
아직도 성성한 너는
아랫도리 빳빳한 너는
조상이 누구며 아비가 누구며
너를 낳은 년은 또 누구냐
혼자서 독식하겠다고
새끼들 안 낳겠다고
불알까지 깐 부랑자인, 너
나의 시조 할아버지부터 시작하여
형제 다섯이나 실타래 감듯 감아서
어디에 숨겨 두었느냐
나를 사랑하던 여인이며, 옳거니!
확실히 네가 다 감춰놓고 있구나
천하를 손에 쥔 너를
단칼에 베어 버린다면 세상이
꿈 없는 잠결처럼 조용하겠구나
너를 신봉하던 달력 넘기는 소리
시계소리, 추풍낙엽이 되겠구나.

가자는 데, 못 가는 마음

종달새 어디로 가는지 함께 가자고
종알종알
함께 가면 나 얼마나 좋겠냐만
숨길 아직 끊어지지 않아
늦여름 매미도 함께 가자고 맴맴
질긴 동아줄이여
오색 단풍에다 선선한 이 계절
제비들도 동무 삼아 가자 한들
끊어질 듯 끊어지지 않는 목숨
잘 가거라 고마운 동무들아
끊어질 예감이 들면 내 미리
산언덕을 찾아 반듯하게 누워
폭설을 둘러쓰고 있다가
눈 녹은 봄날, 지나가던 길손들
돌무덤 하나 지어주면
내 영혼, 느티나무에 앉아
동무들 모두 기다리고 있겠노라.

바다와 나

가슴 답답할 때, 네 율동을 보면
내 맘 편해져 함께 너울거리지만
세상 살면서 망나니들을 보면
너의 율동도 싫어져 하늘을 본다
그냥 하늘을 바라보는 것이 아니라
하늘에 있는 바다
너도 저 달이나 별에서 보면 아주
잔잔해 보이겠지
너무 가까이서 보면 허물도 생겨
먼 데 둔, 내 애인처럼
가물가물한 그 너머에 있는 것이
아름다울 수도 있지
하지만 너는 내 유년의 벗이어서
희비가 엇갈릴 때도 너를 찾고
이승과 저승의 의문점도 네게 물어
때로는 귀찮기도 하겠지만
미끄러운 둥근 지구에서 너 아니면
세상 어디 정 둘 데가 있겠는가.

고려장

고려장으로 끌려가는 산송장
아직도 멀쩡한 생명을 싣고 가는
고물보다 몇 곱절이나 나이 많은
고물장수 노인의 땀방울이
통곡의 눈물처럼 쏟아진다
속으로 감춘 생명들의 눈물이
리어카 바퀴에서 간혹 들린다
돌아올 노인이 길을 잃을까 봐
종잇조각 드문드문 뿌리며
길을 표시해 두는 산송장들
오르막길을 오르는 노인을 보며
밀어 주어서는 안 된다고
죽기보다 싫다고 다짐한다
고물들이여, 힘을 내라 힘을
고려장이 가까우니
리어카가 주저앉도록, 힘을
이 세상, 단 한 시간이 어디냐.

아름다운 기다림

금송화는 바람을 피하려 고개 돌리지 않는다
찾아야 할 얼굴 바람 속에 있기에
두 눈 시리도록 바람과 마주쳐야 한다
그 얼굴 익히 아는 동기들 다 불러 모아
늦서리 질 때까지 떠나지 않는다

햇살에 잠긴 기다림의 모습들이 처량키는커녕
참으로 아름다워
저토록 태연하게 기다릴 수만 있다면야
속으로부터 향기를 자아내며 인내할 수 있는
저들의 비밀을 알 수만 있다면야
아! 여기까지 끌고 온 초라한 내 모습이여.

어머니의 길

길마다 길 끝에는 집이 있다
아니면 무덤이 있다
나무와 풀들의 길은 수직으로 섰고
우리들의 길들은 비스듬히 나있지만
참담하게도 내게는 길 하나 없다
아직도 어머니 품에 안겨서일까
어머니는 길 하나에
예비 길을 하나 더 갖고 계신다
그 길, 새 길 될 날 오래지 않다
어머니가 쓰시던 길은 무너지고
새로운 길로 들어서면
나는 퍼질고 앉아 마냥 울어야 한다
어머니 제발 가시지 마소서
이 팔푼이를 두고 떠나시면 어쩝니까
둘, 함께 가는 길 없진 아니 해요
죄 없는 자들이 가는 수직상승길
가능한 일인지 어머니 생각해 보세요.

원시를 따라

산 속 고스란히 남아 있는 원시
20세기 밀애의 흔적을 찾으려
혼자 들어선 21세기 어느 날
그들은 여전히 세기에 상관없이
홀랑 벗은 몸뚱이에
꽃을 들여다보는 소녀처럼
누군가가 갓 갈겨 놓은 용변을
아무렇지도 않게 들여다보고 있다가
지나가는 나를 발견하고는
ET 하나 지나가고 있단다

그들은 서두르거나 기억하지 않는다
분명히 20세기 어느 날
그녀와 내가 이곳을 지나갔는데
그들은 비와 바람은 기억해도
사람들은 기억하려 들지 않는다
원시는 편안하다
원시는 대자유며
종교에서 말하는 해탈의 세계다
옷을 벗자
알려고 하지 말고, 그들과 함께 살자.

저녁 강江

끌어들인 그림자들과
물밑 섹스를 즐기는 강물의 오르가즘을
빤히 내려다보고도 말이 없는 사람들

강가에 선 사람들에게
그림자를 빼앗기고
슬퍼하지 않는 이유를 묻고 싶다

바다로 내려서겠지 했는데 해가 그만
공장 굴뚝 속으로
빨려들고 만다 취한 게 탈이었겠지

일그러진 제 모습을 어디쯤에서
채우고 있을까 달 없는 하늘에
앞 다투어 갈대밭으로 내려서는 별들

사람들은 돌아가고 아무도 없다
강물 쪽에서 아직도 소리가 나는 걸
보면 그림자는 그대로 두고 갔나 보다

누워서 행복을 누리는 강물이 부럽다
돌아가 봐야 썰렁한 무대
어디쯤 물 마른 강이 없을까.

님을 찾아

나만 홀로 선인장처럼 서 있고
아이들도 눈에 띄지 않는 백사장
소주에다 막걸리를 퍼마신 바다
비실비실 바다도 취할 때가 있나 보다
걷어찰 돌멩이 하나 보이지 않는
밋밋한 백사장
멀리 보이는 산모롱이 갯바위 아래
줄줄이 시간을 낚아
줄줄이 시간을 풀어주고 있는 낚시꾼
술 취한 바다에 고기가 있을 리가
공회전을 몇 바퀴 돌던 물새가
뭍으로 오르는 까닭을 알 만하다
이럴 때 갯마을 아이들이 몰려 와서
동화책에 나오는 고래 이야기며
상어 이야기라도 해 준다면
걷어찰 돌멩이를 찾을 이유가 없다
술 취한 바닷물에 다가서면 공연히
시비를 걸어오는 파도들
님은 없다
물새가 되어 이미 오래 전에 날아갔다.

月山 진진욱 詩의 현상학적 몰입미沒入美

– 진진욱 제9시집 《노출시대》의 시세계

이수화
시인 · 문학평론가/ 문협 · Pen 원임부이사장

월산 진진욱 시인의 시집 《노출시대》에서는 작품 하나하나가 현상학적現象學的 몰입미沒入美를 성취하고 있다. 현상학(Phenomenology)이란 우리 인간의 일상 생활 세계生活世界(Life World)를 대상으로 하는 철학이다.

특히 이 현상학의 권위자인 프랑스 철학자 모리스 메를로 퐁티(Maurice Merleau Ponty, 1908~1961)는 우리 일상 생활 세계를 '지각知覺의 세계世界'로 보고 우리 생활 세계를 파악하는 지각 중에서도 '보는 것' 즉 시지각視知覺을 특별히 중요시한다. 우리가 생활 세계의 온갖 사물을 '본다'는 메를로 퐁티의 현상학적 시지각은 과학적 파악도 믿지 않고 오로지 사물 대상에 몰입沒入하는 것으로 그 파악 목적을 달성한다는 것이다.

예컨대 몰입(Inherence)한다는 건 어떤 대상(특히 이성異性)에 빠져 버리는 것이다. 몰입의 대상이 '하늘'이라면 그 하늘과 더불어 하나가 되는 것이다. 그 때 그 하늘이 푸르고 맑은 창공이라면 그에 몰입된 자아自我는 그 얼마나 청정무한의 존재存在일 것인가. 이 때문에 메를로 퐁티의 현상학적 시각론의 몰입미를 인간의 자유의지가 꽃 피우는 자유로운 생활의 존재론적 철학 소산이라 할 수 있다. 이 시집에서 진진욱 시인의 시들이 현상학적 몰입미가 아름다운 존재론의 미학美學에 귀착한다고 보는 까닭이 바로 여기에 있다. 그 실체에 접근해 본다.

가슴이 푹 패인 옷
짧은 치마를 즐겨 입는
여성들이여
달팽이 같은 알몸은 징그럽다

다 벗으면 나는 서지 않는다
망설여질 뿐
달팽이를 보고 사그라진
이후부터

여성들이여
껴입어라 그리고 감춰라
비밀 아닌 것을 비밀로 할 때
나에겐 벌컥 서는 습성이 있다

그 비밀스런 차림에는
시詩에서 느끼는 은유가 있지
은유의 감칠맛에

나의 것은 죽순처럼 서 있다.

– 〈노출시대〉 전문

예시例詩는 총 16행(4행씩 4개 연)의 전통적 동양시법으로 구성된 기승전결의 은유시이다. 남성의 리비도(성욕性慾)를 자극하는 여성 노출은 우리 생활 세계의 한 단면이다. 그리고 그것은 메를로 퐁티가 말하는 현상학적 시지각視知覺의 몰입沒入을 가능케 한다. 그럼에도 예시의 시적 주체가 "다 벗으면 나는 서지 않는다"(제2연)고 관음증 경향을 은유적으로 시사하고 있는 것은 역으로 섹스(Sex)의 몰입미감沒入美感에 대한 강조요법이라 할 수 있다. 그렇잖아도 메를로 퐁티는, 우리의 시지각이 대상을 볼 때 그 대상 자체의 불확실성과 애매성 때문에 겪는 혼란을 어찌 감당할 것인가 되물어 올 것이다. 따라서 진진욱 시인의 예시 〈노출시대〉는 우리의 현상학적 시지각의 몰입미에 대한 반격이다.

텍스트 3~4연에 유의화(喩義化, Vehicle) 되고 있는 "껴입어라 그리고 감춰라/ ……/ 나에겐 벌컥 서는 습성" 이나 "그 비밀스런 차림에는/ ……/ 나의 것은 죽순처럼 서 있다" 는 시지각 몰입미감에 대한 반격은, 실은 데카르트(René Descartes, 1596~1650)처럼 물체, 예컨대 여체女體란 보고 만져서 알 수 있는 것이 아니라 이해理解(오성悟性, Understanding)를 통해서 알 수 있다. 즉, 이해를 함으로써 '벌컥 서' 고, '죽순처럼 서 있다' 는 것이다.

예시 제1연과 제2연에 보이는 달팽이 같은 알몸에 대한 시적 주체의 혐오감이 바로 데카르트의 이해에 반하는 것을 말해 준다. 이 때문에도 메를로 퐁티의 생활 세계에 전력 투신할 수 있는 현상학적 몰입을 위한 시지각론視知覺論은 유효한 인문학의 공헌일 뿐만 아니라, 이의 미학적 구현이 성취되고 있는 진진욱 시인의 예시 〈노출시대〉에 대한 우리의 고품격 텍스트성 평가를 기대해 볼 만한 것이다.

따라서 예시는 이번 진진욱 제9시집 《노출시대》(2014. 10. 한누리미디어 간)의 메타 텍스트(표제시)로 채택되고 있으리만치 강고한 작품성을 견지할 뿐만 아니라 총체적 지향성의 어거력馭車力을 과시한다 하겠다.

바닷물도 암컷과 수컷이 있다
목소리가 두 가지인
저 파도소리를 가만 들어 보렴
다정하게 지낼 때가 많기는 해도
부부싸움이 대단할 땐
너울이 태양을 삼킬 듯하다
수컷은 바위에 제 몸을 찧어대고
암컷은 뻘 속을 파헤치는 기질
수많은 강에서 내려온 애첩들을
부부가 함께 맞아주는 걸 보면
바다는 뭐니 해도 만물의 표상
가리개처럼 물안개를 펼쳐 놓고
우리들과는 차원이 높은 섹스를 한다
우리들은 섹스를 하다 말고 왜
시시비비 일어나서 커튼을 여는가
줄담배를 피워대는가
바다의 섹스는 오로지 외길

바다가 죽지 않는 비결을 아는가
저 율동을 보아라, 정액을 보아라.

– 〈바다와 섹스〉 전문

바다를 의인화擬人化하여 느긋이 파도소리를 포착한 텍스트 도입부 6행의 심상에는 날카로운 은유의 시지각 몰입미가 번뜩인다. 파도치는 바다 물결 그 너울의 고저장단 양태樣態를 바라보며 그것은 인간 남녀(암컷과 수컷)간이 다투는 부부싸움인 양 몰입한 진진욱 시인의 파지력(把持力, Grip 혹은 Hold, 메를로 퐁티가 말하는 우리 눈 시력의 대상에 대해 몰입하는 힘)은 매우 탁월한 것이다.

그 결과 이 시는 우리의 일상 생활 세계에 소거돼서는 안 될 남녀간의 성생활에 대한 영육 합일적 몰입을 은유시 표상성으로써 강고하게 제시하고 있다. 그것은 남녀, 부부 일심동체, 부부간 알력軋轢의 섹스 때의 표상, 그리고 후말 3행에서 보여주는 섹스의 몰입상과 섹스의 파지력과 섹스 행위의 율동과 바닷물을 정액으로 은유한 유의喩義 또는 활유活喩 기법들은 한국 모더니즘 시(이미지즘 시) 100년 리비도 제재시의 기념비적 수사법(修辭法, Rhetoric)의 소산이라 하겠다.

이는 일찍이 중국 문예미학 개척의 거두 원매(袁枚, 1716~1797)도 그의 명저 《수원시화隨園詩話》에서 갈파했듯, 인간의 리비도는 식욕 · 수면욕과 아울러 인간 3대 욕망인 바에야 인문학 제재에선들 소거될 순 없을 터이다.

그러나 진진욱 시인의 시가 리비도 제재 일변도인 것은 아니다. 진진욱 시인의 현상학적 시지각의 몰입미학은 그의 일련의 이미지즘 시에서도 형상화되고 있다.

계절 하나 대문 왈칵 열었다
안이 다 드러난 가을
황금 덩어리 나열된 들판에
농부들 쉴 새 없이 야금야금

불알 없는 아랫도리 드러내놓고
산은 산이요 물은 물이라며
삼매경으로 고개 돌린
노임 한 푼 받지 못한 허수아비

도망치는 여인의 보따리 같은
호박들, 계절의 마침표로 남아
가을걷이를 종용
몸과 마음이 만삭이 된 농부들

소리 다 털어낸 매미도 떠나고
죽기 아니면 살기로
황금 이삭을 쪼아대는 참새들
농부들의 가슴에 휘영청 달이 떴다.

– 〈가을걷이〉 전문

가을밤의 싸늘한 감촉
밖을 나섰더니
얼굴이 붉은 농부처럼
불그레한 달이 울타리를 넘어다보고 있다.

– T.E. 흄의 〈가을〉 중에서

진진욱 시인의 시와 T.E. 흄의 시를 병치 예시한 것은 두 텍스트가 우선 '가을'에 그 이미지즘 시의 요체랄 수 있는 심상 유비체들 이미지를 동일하게 부여하고 있기 때문이다. 두 텍스트 표시기능의 기능어들인 '농부, 달, 가을'과 같은 시니피앵(기표記表)이 그것들인데 이들 기표어記表語의 시니피에(기의 記意)는 결코 문제시 될 게 없다. 이 시들이 지적판단知的判斷에 의한 사유현상思惟現象을 표상화한 시가 아니라 그 사상寫象 이미지를 시현示顯하는 것이 주된 목표이기 때문이다.

따라서 두 시인 진진욱과 흄의 사상파寫象派로서의 목표는 더 없이 여실한 것이고, 흄이 예의 텍스트에서 달에게 얼굴이 붉은 농부 같다는 '인간성'을 부여한 것과 진진욱이 달보다는 농부들에게 "몸과 마음이 만삭이 된 농부들"이란 사유현상을 부여한 것은 이 둘의 이상과 같이 표상 이미지를 비교해 봄으로써 그 차이差異가 명백히 드러나고 있음을 반증하는 것이다.

직핍하게 말해 이미지스트로서의 진진욱과 흄의 사상주의寫象主義, 즉 이미지즘 시는 대상의 즉물성卽物性 표상에만 그 목표가 있는 물질시物質詩(사물시事物詩라고도 하는 Physical Poetry)가 되면 그만이라지만 진진욱의 이미지즘은 흄의 그것과 명백한 차이差異가 있다는 것이다. 거두절미해서 필자는 그것이 진진욱 시인의 시가 저 메를로 퐁티의 현상학적 시지각론이 말하는 대상에의 몰입미학에 있다고 보는 것이다.

예시 〈가을걷이〉에서 진진욱은 흄처럼 달과 농부를 물성物性으로만 보질 않고 "몸과 마음이 만삭이 된 농부들"과 "농부들의 가슴에 휘영청 달이 떴다"고 그 대상 이면裏面까지 들여다보는 몰입의 미학을 달성해 보이고 있는 것이다. 이와 같은 진진욱 시인의 이미지즘 시의 현상학적 시지각 몰입미학을 담

지한 시는 사물의 배면背面, 인간상의 이면裏面까지 통찰해 낸 놀랍고도 새로운 이미지즘 시로서의 발전된 면모인 것이다. 그것은 가령,

빼꾹새가 운다
어느 새, 봄이 왔나
아홉 식구 보릿고개에 쓰러져 누웠던
설마 그 봄은 아니겠지
누나는 어린 몸으로 식모로 떠나고
나는 학업을 중단해야만 했던 무서운 고개
쑥나물에 쌀 한 줌 넣고 끓인 쑥 국밥
온 식구 물마시듯 마셔대던 그 봄
아! 그 헐렁한 봄이 왔는가
돌아서면 허기져 말할 힘도 없던 그 봄
빼꾸기 울어대는 산에 올라
소나무 껍질 벗겨 질금질금 씹어대던 그 봄
그 봄이 이 봄이런가
먹거리가 거리에 넘치는 이 봄 아이들이여
빼꾹새는 어째서 또 슬피 우는가.

– 〈보릿고개〉 전문

예시 〈보릿고개〉의 메시지는 시적 주체가 인간 생활 세계의 이면을 통찰해 금고서동今古西東, 여시여각如是如刻 그 고통苦痛(굶주림 등)을 완벽히 해소할 길은 없느냐는 것이다. 보릿고개가 그 대표적 고통의 생활 세계일 터인데 문제는 어떤 지각장(知覺場 ; 시지각, 즉 시선이 쏠려서 몰입하는 세계 또는 대상)에 어느

만큼의 파지력把持力이 미치느냐 하는 문제이다. 우리의 배면背面을 본다는 메를로 퐁티는 지각장에 대한 시인의 파지력은 결국 진진욱 시인의 시에서 마침내 그 몰입미학의 포에지(시정신, 詩精神)로 거듭나게 된 것이 아닌가 하여 크게 하경賀慶해 마지 않는 것이다. 다음에 인용한 텍스트 군 행두 넘버는 평설자가 지정한 것이다.

① 짙은 화장을 한 여자일수록
화냥기가 많더라
유인의 여왕, 장미꽃
젊었을 때부터
지금까지 꺾어온 장미꽃
줄잡아 오십 한둘
한눈팔다가, 잡놈만 된 나
장미여! 이제 화장을 지워라.

② 구름 위로 떠나버리는 가을의 영혼
사람들은 하나같이
등산이라는 명패를 앞세워
신기한 듯 죽은 낙엽을 밟아대지만
내려다보는 저 알몸의 눈이
심상치 않다
영혼의 꼬리가 가물거리고
마지막 남은 잎새가 떨어진다

③ 안개처럼 자욱한 풀벌레소리

누구 죽은 어미들의 울음들인가
귀청을 뒤흔드는 저 소리들
쇠줄이 어미의 쇠 긁는 소리
남촌댁 할미의 노망든 소리
웅아 어미의 옹알거리는 소리
여자들의 싸늘한 영혼소리들이여

작년 이맘때 물에 떠밀려 죽은
천순이 엄마, 봉출이 할미
잔소리 꽤나 해대던 만식이 할미
7, 8월
이맘때만 되면
숲은 종일 진혼곡 연주장이 된다

④ 너는 왜 또 피어
남의 애를 태우느냐
겨울옷을 벗기도 전에
누구의 애첩이 되려고
그렇게 요염하게
배시시 웃어대느냐
아이, 어른 할 것 없이
네 모습에 끌려
하루해를 잊게 하는가
누구의 애첩이든
나 모를 일이지만
아무래도 한동안

잠 못 이룰 일 뻔하네.

위 4편의 예시에서 ①은 〈장미꽃의 유인〉 전문이고, ②는 〈가을의 영혼〉 중간 부분, ③은 〈한여름 숲길〉 1~2연, ④는 〈설매화〉 전문이다. 공교롭게도 ① 봄, ② 가을, ③ 여름, ④ 겨울이라는 계절이 일본의 단시 하이쿠도 아닌데 확연히 구분될 수 있으나 그런 것보다는 진진욱 시인의 시가 품고 있는 현상학적 시지각 몰입미학이 우리 생활 세계에 집중해 있다는 반증으로서의 변별력으로 보는 것이 타당할 듯 싶다.

이처럼 예시군例詩群의 현상학적 몰입미 구현은 ①의 경우, 시적 주체의 생활 역정 배면을 들여다보는 몰입미의 형상화가 파천황의 그것임을 유감없이 발휘하고 있을 터이다. 메를로 퐁티의 갈파처럼 우리의 눈이 대상을 보는 시계視界의 범위(the zone of clear vision)가 확대되면(파지력이 강고하면) 우리 자신의 배면을 볼 수 있다. ①의 시 화자가 자신의 여성 편력을 숫자까지 엄청나게 토로하며 스스로 잡놈임을 자인하고 있는 것이 그것이다. 일종의 시가 말할 수 있는 엄살의 수사학(修辭學, Rhetoric)이다.

②는 우리의 시각이 현상학적 몰입도에 따라 우주 속 또는 인간 영혼의 구경究境까지도 들여다볼 수 있다는 표상화이다. 특히 ②의 미학은 예시 제5행에 짓밟히는 낙엽에 애니미즘(동식물에도 영혼靈魂이 있다는 사상)을 부여하는 몰입성으로서 화자와 대상간의 주체역전主體逆轉의 존재론적 위치 전위의 미묘성을 제시한다. 죽은 낙엽의 시체를 밟으면서도 신기한 듯해하는 인간의 이면상裏面相에 대한 진진욱 시인의 현상학적 미학이 인간 영혼까지 몰입해 보이는 경우이다.

③은 일본의 세기적 영화감독 구로사와 아키다(黑澤明田)가 어린 시절부터 꾸었던 여덟 개의 꿈을 영화화해 1990년 아카데미 특별 공로상까지 받은 명화 〈꿈〉처럼 우리 인간 생활의 누추함까지도 아름답게 예술화한 리얼리즘 시의 절창이라 하겠다. 특히나 ③의 숲이 안고 있는 누추한 생활의 참담한 삶을 청각(소리) 이미저리로 형상화하고 있는 진진욱 시인의 현상학적 몰입미학은 이 경우에서도 그 시적 전략에서 승기를 잡고 있다 하겠다.

예시 마지막 텍스트 ④는 '설매화' 라는 우리 동양 미학의 불퇴전적 제재가 여기서 또 한 번의 아름다움을 뽐내게 되지 않았나 싶기도 하다. 어느 여성 시인이 "무덤가/ 방긋 웃는/ 청도리지 꽃/ 애첩의 옆 얼굴" 이라고 애첩의 청초, 애잔함을 청도라지 꽃에 비유해 노래한 바 있듯이 여기 진진욱 시인은 설매화를 우리 생활 세계에 요염한 애첩으로 끌어들여 그의 현상학적 몰입미학의 아름다운 정조감情操感을 촉발시켜 준다.

이제 이쯤에서 필자는 이 담론의 수미상관적首尾相關的 연유가 풍성한 텍스트 삼아 예시 ④ 〈설매화〉 못지 않은 텍스트 〈찔레꽃〉을 감상하는 것으로 글 마무리를 짓고자 한다. 이 글의 수首는 저 문두文頭의 걸작시 〈노출시대〉이고, 여기의 〈찔레꽃〉은 미尾인 바, 지면상 〈노출시대〉는 다시 여기 예시하거나 장황스럽게 재론하지 않으려 한다.

장미꽃 보던 눈으로 저를 보지 마세요
유혹하여 피를 빨아 마시는
장미꽃과 비교하지 마세요, 저는
조선시대 이전부터 규방의 혈통을

그대로 간직한 규수예요
하얀 살갗이 말해 주듯 차분한 저는
지금 하늘에 대고 사군자를
치고 있어요
밤이면 반딧불 아래서 수도 놓지요
한 계절도 못 채우는 생명이지만
저는 이렇게 살아가는 삶이 즐거워요
꽃잎으로 질 때는 너무너무 황홀해요
은장도 대신 가시를 지녔지만
저를 너무 겁내지 말고 다가오시어
저 없을 때의 세상 이야기 들려 주세요
가실 때는 저의 일부를 꺾어가도
말없이 그냥 미소만 띄우고 있겠어요.

– 〈찔레꽃〉 전문

왜 나는 이 시를 읽으면서 저 앞서의 시 〈노출시대〉를 떠올려 진진욱 시인의 어조(語調, Tone)에 집착해 마지 않는가. 시 〈노출시대〉가 진진욱 시인의 현상학적 생활 세계에서 여성의 노출과잉과 남성 리비도의 상관관계가 매우 미학적임을 진진욱 시인은 그의 시지각 몰입미로써 형상화하면서 텍스트의 표시기능(Extension)으로서는 여성노출을 극구 반대하고 있기 때문이다.

달팽이 같은 알몸은 징그럽다면서, 다 벗으면 서지 않는다는 〈노출시대〉의 시적 주체는 은연중에 마광수가 된 듯한 어조이나, 여기 〈찔레꽃〉은 아예 화자가 '아니마' (Anima, 남성의 여성성)가 되어 말하고 있다. 이는 결코 시적 주체의 젠더(성전

환性轉換)화가 아닌 시인의 전략전술의 일환으로 화자의 전통적 조선 여인(규방 규수)상을 강조해 보이기 위한 수단일 터이다.

그런데 왜 시적 주체는 찔레꽃에게 은장도 대신 가시를 지녔지만 겁내지 말고 접근하라면서 아예 꺾어가기를 내심 원망願望하고 있다는 이중성을 부여하고 있는가. 이는 찔레꽃이라는 조선 여인이 지닌 앰비발란스(양가의식兩價意識 또는 애증愛憎처럼 사랑과 증오가 반반씩인 감정을 동시에 갖는 심리 상태) 때문이다. 이 찔레꽃이란 여인은 저 〈노출시대〉의 노출하고 싶어하는 여성을 말리는(증오하는) 아니마 소지의 남성이기도 하며, 남성의 사랑을 은근히 기대하는 적극적 여성 아니무스(Animus, 여성의 남성성)이다. 이처럼 진진욱 시인은 현대 생활세계의 남녀 성의식性意識에 대한 첨예한 현상학적 시지각을 통해 그 양가성兩價性에서까지 시의 미학적 몰입미 양태를 형상화해 보여주고 있다.

한국 현대시의 장관을 열어가는 전향적 지평의 개간이 아닌가 크게 고무되고 있는 사람 중의 한 사람으로서 이번 진진욱 제9시집 《노출시대》 발간을 충심으로 축하해 마지 않는 바이다.

진진욱 제9시집

노출시대

•

지은이 / 진진욱
발행인 / 김재엽
발행처 / **한누리미디어**
디자인 / 지선숙

•

121-840, 서울시 마포구 잔다리로 35(서교동) 서운빌딩 2층
전화 / (02)379-4514, 379-4519
Fax / (02)379-4516
E-mail/hannury2003@hanmail.net

•

신고번호 / 제300-2006-61호
등록일 / 1993. 11. 4

•

초판발행일 / 2014년 10월 24일

•

•

값 10,000원

•

•

ISBN 978-89-7969-489-5 03810